푸른 도마의 전설

푸른 도마의 전설

1쇄 발행일 | 2020년 10월 30일

지은이 | 최대순
펴낸이 | 정화숙
펴낸곳 | 개미

출판등록 | 제313 – 2001 – 61호 1992. 2. 18
주소 | (04175) 서울시 마포구 마포대로 12, B-103호(마포동, 한신빌딩)
전화 | (02)704 – 2546
팩스 | (02)714 – 2365
E-mail | lily12140@hanmail.net

ISBN 979 – 11 – 90168 – 20 – 5 03810

값 10,000원

* 본 예술표현활동 출간사업은 인천광역시, (재)인천문화재단 문화예술육성지원 사업으로 선정되어 제작되었습니다.

푸른 도마의 전설

최대순 시집

개미

自序

첫 번째 시집을 묶는다.
언제나 아득하고도 손닿을 듯 가까운 것이 시간이다.
한자리에 모아놓고 보니 거울을 바라보는 것처럼 낯설다.
삶의 길은 가파르고 언어의 길은 너무 멀다. 지나온 시간들이 설익은 욕망의 치기였음을 안다.
너무 늦은 시간 동안 말없이 앉아있던 무수한 인연들과 함께 또 무엇을 기다려야 할까.
가족들에게도 감사하다.

2020년 10월
최대순

| 차례 |

2부

3부

4부

1부

새들의 길찾기

도로 한가운데 평면도 하나 펼쳐져 있다
수평을 투사한 듯 얇은 도면은
동그라미, 네모, 세모로 일그러져
쇠락해진 그림자는 없고 암시만 남아있다
비행의 무게를 내려놓은 텅 빈 시간
바퀴가 프레스처럼 강하게 모서리를 눌렀을 때
자신도 모르게 펼쳐져 버린 몸의 도형
목격자인 바람과 햇살이 크게 한 번 흔들렸다
숲은 날개를 활짝 열어 계절을 지나다
길 위의 도형을 보고 깜짝 놀랐을 거다
다만, 의문을 품었던 건 그의 몸 어딘가에
탈출구가 있었을 것이라는 것뿐,
새는 눈을 감지 않았다
빼곡했던 내장을 햇살의 부리에 내어주고
생각 하나만 쭉정이처럼 남겨 놓은 채
눈동자는 허공의 소리를 핥고 있었다
교대근무처럼 숲으로 어둠이 서둘러 돌아왔지만
아무도 조문은 오지 않았다

온기 속에서 세상 허물을 모두 꺼내 놓고
얇게 펼친 그의 도면은
이차원의 세계로 들어간 새들의 출입구이다
깃털은 마지막 신호처럼 도형을 타전하고 있었지만
며칠째 별들만 쪼뼜거렸다
시간이 흐를수록 차량들은 더욱 바쁘게 지나갔고
도형은 더욱 더 비극적으로 날개를 펼치고 있었다
새가 날아간 방향은 육면체의 전개도이다

비 젖은 플랫폼

1호선 인천역
더 이상 갈 수 없는 곳
누군가 청색 적색 깃발을 흔들고 있다

비는 플랫폼을 적시고
시간은 내 등을 떠밀고 있다

추억은 한 움큼 쌓이고
갈 수 없는 곳
그러나 가야 할 그곳
가난한 사람은 말이 없다

어둠은 플랫폼을 삼키고
막차는 소식이 없다
긴 그림자 끌고 가야 할 남은 길에서
바람으로 비껴도
다시 만나지는 말자

너무 그리우면 말을 잃지

기다림에 지친

비 젖은 플랫폼

정서진에서

눈발이 길을 막아서는 정서진을 사랑하기로 했다
메타세콰이어 까치집 너머
붉은 노을 속으로
조금씩 스며드는 법을 배운다

서해바다의 노을과 거친 파도
동성애자처럼 바다와 바람이 살을 섞는 동안
어둠이 똬리를 틀며 송곳니를 드러내는 아라빛섬
노을도 때론 그리움을 품고 바싹 말라 갔을 것이다

잔잔한 바닷속에 예리한 칼날이 웅크린 것처럼
환한 그대 미소 속에도 삶을 휘저은 상처가 있겠지
파도를 신고 샤를빌에서 달려온 랭보
노을 짙은 정서진

갈매기의 비릿한 울음 섞인 에티오피아 원두를 볶는다
사랑하는 마음도 종종 까맣게 타들어갈 때가 있지
흰뱀이 정수리부터 허물을 벗는 시간

저문 해변으로 바람구두를 신은
한 사내가 흐르고 있다.

공중전화

공항철도
검암역 상행선 플랫폼
공중전화 부스가 헐리고 있다
한때
떨리던 손으로 동전을 넣으며

슬픔을 감추고 대학 합격을 전하던 곳 독재타도를 외치며 목놓아 절규하던 곳 쫓기며 긴박했던 순간을 알리던 곳 시너를 온몸에 뿌리고 불사른 가버린 친구의 깊은 슬픔을 알리던 곳 방직공장 취직을 알리던 곳 한여름 소나기도 피할 수 있었던 곳 홍콩배우 장국영이 아내와 통화하며 최후를 맞이하던 곳 필름 끊긴 고주망태들도 받아주던 곳…… 심쿵심쿵했던
시퍼런 청춘

손 안에 휴대전화가 들어오고
이젠 꼰대가 된 공중전화
빛바랜 붉은 통

수화기를 늘어뜨린 채
깊은 침묵을 깬다

“다이얼이 늦었습니다”

엄마의 등

홀로 계신

엄마를 보고 왔다

바삐 돌아서는 내게

엄마는

가방 속에 뭔가를 쑤셔넣는다

돈이다

구만 원

잔소리 말고 가져가란다 돌아보니

손 흔드는 엄마의 허리는

그새 더 굽어

한때 꼿꼿이 업고 다닌 적 있을

등엔

흔적만 남아

주름 패인 목소리로

어여 가란다

말죽거리 마을버스

어둠이 팔려 가는 끝자락,
내일이 허기져 숨겨 둔 새벽마저 파먹는
한가운데, 청춘을 밀어 넣는다
아무것도 하지 않는 죄값으로
버려지고 죽어가는 더미들
사이에서, 유효기간 남은 것이 그나마 다행

바보처럼 살기 싫다는 어리광보다
살아야 하는 이유를 해명하려 들수록
금방 또 허기가 치민다
배고픔의 밑바닥 본성은,
관성으로 마주하는 일상이 두렵다는 객관적 증거

아직은 봄이 덜 여문
찬바람 웅크린 승강장 구석에는
채 한 줌으로도 조율되지 않는
청춘의 객기와 家長이라는 회한이 숨어들고
그 한 뼘 사이를 하루도 쉬지 않고 갈등이 유혹하고 있다

피붙이에 갇혀 습관으로 먹어버린 나잇살을 밟고,
부식된 쇳덩이의 검은 녹에 얹혀서라도
입성의 깃발을 올려야 한다

땟물 흐른 창으로 비쳐지는
허물 벗는 여명으로 다시 살아나는
죽어서도 그리울 미소,
굽은 창문 틈새 비집고 자리 잡은
딱 한 움큼, 아린 바람

눈을 털며

도시는
신이 내린 은색의 침묵
어지럽게 흩어진 발자국 위로
차가운 별빛이 내려앉는 밤
다들 어디로 가버렸을까
은밀한 이야기만 남은
자작나무 숲길을 거닐다 누군가
떨구고 간 옷핀을 주웠다
주인을 잃고
한참을 헤매었을 작은 분신
칠이 벗겨진 몸통이 꺼칠하다

신발에 묻어 온 눈을 털며
밤이 낮인 듯
때때로 뒤바뀐 삶도
날려버릴 수 있다면
하늘 밝힌 등을 향해
단단하게 뭉친 눈을 던질 때마다

명줄을 쥔 손처럼 안으로 멍드는 생채기
하루도 기다리지 못해
무너져버린 허무가
하얀 밤길을 따라가고 있다

일용직 노동자

어둠이 채 걷히지 않은 부평깡시장
새벽을 달려온 버스 한 대
잠 덜 깬 사람들 앞에
눈치도 없이 다가와 멈춘다

해와 교대할 시간만 기다리는
출근길 새벽달이 지쳐 보인다

사람들이 몰려 타고
다투어 자릴 찾는 손들이
동그란 수갑에 벌서듯 매달린다

돋은 핏줄 손등마다 얽히고
이를 악물고 있는 손톱들은
새벽달처럼 새하얗게 질려
맨살의 몸들을 매달고 있다

허연 절규를 토하며

하루치 밥벌이를 찾아
삶의 무게 한 손에 쥐고 있는
땀 젖은 손이 저리다

운염도

1

길은 험할수록 가슴이 뛴다
내비게이션에도 잡히지 않는 섬
서해바다 끝
운염도
세상은 빠르게 변하지만
섬의 시계는 고장난 듯 멈춰있다
영종대교와 동강리를 지나
철길 다리를 건너면
60년 전만 해도 사람이 살지 않던 무인도
대부동 선감도에 살던 마음 맞는 세 집이
이곳에 와 정착하며 유인도가 되고
흙벽돌로 길게 집 한 채를 지어 칸만 막아 살던 곳
버림받은 땅에 들어와 낮에는 날품을 팔고
밤에는 촛불 하나에 외로움을 밝혔다
개척자들은 모두 세상을 떠났고 섬은 자손들을 지키고 있다

2

바닷바람은 매섭다
바람이 불 때마다 갈대는 눕고
마른 바람 탓에 자연이 만들어 낸 테셀레이션
갯벌은 쩍쩍 갈라져 퍼즐을 남겼다
틈을 비집고 나온 칠면초는 빨갛게 얼굴을 내밀고
철길 아래 다섯 가구 노을에 붉다

3

유독 긴 섬의 겨울
뻘밭에 꽂아 논 나뭇가지는 천연덕장
숭어, 망둥이, 꼴뚜기가 말려지고
겨울 오기 전 쟁여놓은 무와 무청은 시래기가 되어
바싹 마른 숭어 밑에 깔려 자글자글 조려질 것이다

4

영종대교는 마을을 두 동강 냈고
인천국제공항 건설로 섬은 육지가 되었다
그러나 아직은 운염도, 육지인 섬은 개발의 숲에 둘러싸여
청라국제도시 마천루가 하늘을 찌를 듯 위협하고 있지만
섬은 세상의 등을 떠밀고 있다
서해바다 끝

한 달 중 오롯이 사흘만 섬이 되는 섬
운염도
속살 파릇한 겨울바다 위로
눈발이 날리고
저녁 새들의 비릿한 울음소리가
낡은 철길을
따라가고 있다

슬픈 감탄

강화 고려산 두견새는
얼마나 피 토해 울었을까

몽골 말발굽 피해
바다 건너온 고려인들
얼마나 목놓아 울었을까

온 산은 진분홍빛

"우아, 어쩜"

한마디면 족하다

석모도 눈썹바위 너머
천년 노을이
시간의 태엽을 감고 있다

마음내려놓기

오솔길 길섶
뒹구는
돌들을 주워
한 뼘 높이
자그만
돌탑을 쌓는다

돌 하나에 희망을 담고
돌 둘에 용서를 쓰고
돌 셋에 슬픔을 얹고
돌 넷엔 슬픔 뒤에도 남은 한 점의
기쁨을 기입하며……

기원하거나 기도하지 않고 견딜 수 있는
삶이 있던가
형체 없는 게 마음이지만
돌탑을 쌓는 마음들이
묵은 시간처럼 고요하다

동행

봄비 오는 마장공원
동백꽃 위로 돌출된
무수한 언어들이 떨어지고 있다
동박새가 떨구고 간
아직 숨이 붙어 있는
동백꽃과 찬란한 낱말을 주워
해무 낀 앵강*으로 떠나야겠다

*앵강 : 경남 남해군에 위치한 앵강만

심장의 온기가 남은 오후

빌딩 숲에 비친 하늘은
태양을 갈아먹고
시뻘건 날빛을 들춰낸다

길 위를 표류하는 시간은
광장으로 돌아오고
타다만 껍데기는 으깨져 밀려온다

무수한 말들은 모두
칼바람에 날린다
모서리가 닳은 것은 하구로 흘러가고
저녁은 아름다움으로 취한다

누군가를 기다리던
온기 남은 정거장에
모닥불을 피우고

위선과 욕망을 벗은 채

정작 외롭지 않을 만큼
울어보리라

가을 저녁

하늘을 한순배 돌아온 참새떼
논배미 내려앉아 밀담 중이다
얼굴 내민 햇벼들
한여름 폭염에 살아
여물고 있다
떠돌이 바람 볏닢을
씻기고 길 떠나면
풀섶 여치들 한참을 울어댈 참이다
도시로 떠난 텅빈 순이네 집은
언제쯤 저녁연기
피어오를까

그섬, 제부도

무더위 지나간 여름 끝자락에 찾아든
하루 두어 번 옷고름 풀고 가슴골 드러내는
목화솜만큼이나 포근한 고혹의 섬 제부도
참한 애인 하나 숨겨놓고 한 보름 쉬어가도 좋겠다
매바위 어깨 너머 햇살은 눈부시고
갯지렁이 미끼에 세월을 잊었던 낚시꾼이 돌아가면
저문 바다에 내린 노을은 눈물겹도록 아리다
사는 동안
혼자일 때가 아니더라도 외로운 사람아
이쯤 잠시 침묵에 들자
그러다, 바다의 입김만으로도 일렁이는
바다의 하루가 저물고 다시 저문 며칠
외로움도 사랑해야 할
사람의 일이라고 생각이 들면
헤이즐넛 한 잔에 노을을 담아
검푸른 바다에 누워보는 일이다

봄의 미각

배란다 문틈으로
후리지아 꽃망울 터지던 날
식탁 위에도 봄이 왔다

색 고운 화전과
냉이 달래 쑥 돌나물 씀바귀 두릅 참나물 봄동
쌉싸래한 봄나물
동짓섣달 비워둔 입안에
군침이 돈다

며칠째
입덧 심한 누이
애써 설움 감춘 생의 빛깔
하얀 덧니를 들추고
알싸한 봄을 찍어 먹고 있다

자목련

꽃이 져야

잎이 나는

너는

흐드러진 봄날의

외로움

2부

푸른 도마의 전설

횟집 뒷골목에 버려진 나무 도마 위로
빗방울이 가득 알을 슬고 있다
움푹 파여버린 뱃속은
얼마나 많은 물고기들을 떠나보냈을까
점차 흐려지고 있는 음화陰畵 그림 속으로
물고기 한 마리 파닥거리며 자신을 노출한다
나무에게로 와서 물고기로 살던 킬리피시*가
갈라진 나뭇결에 대고 가쁜 숨을 몰아쉰다
말라버린 웅덩이를 빠져나와 동면에 들어간 성체를
도마는 지느러미가 되어 긴 시간 품어 주었을 것이다
물고기들이 모두 떠나간 뒤에도 도마에게는
아직 버리지 못한 감정이 남아있었다
덜컹대는 간판 아래 사내의 삶이 반 토막 났던 것처럼
그 사내의 몸에서 보고픔이 지독했던 것처럼
도마에게 비린내는 자신이 사랑한 것들의 향기였다
도마는 한쪽 밑둥치에서 썩고 있던 냄새를 맡고서야
자신이 거대한 나무였음을 기억해 내었다
그에겐 지워지지 않는 초록의 감정이 있었다는 것을,

한때 자신에게 와서 부화되고 떠나간 새들이 있었다는
것을,
도마는 옆구리에 문신처럼 새겨진 물고기들을 지워본다
어느새 나타나는 나이테의 깊어진 울음,
달빛이 민물처럼 쏟아져 내리는 날에는
제 울음마저 토막 내었던 생각 때문에 온몸이 아려왔다
나무 위에서 도마가 자랐고 도마 위에서 물고기가 살
았듯
모두 떠나간 몸뚱이에선 비린내가 그리움처럼 풍겼다
태양이 나뭇가지에 던져놓은 낚싯대가 팽팽한 여름
건기의 강가에서 살던 전설의 물고기가 뒷골목을 떠돌
고 있다

*킬리피시 : 열대에 사는 물고기로 호수가 없어지는 건기에는 흙이나 나뭇가지에 알을 낳고 우기에 부화되는 물고기

유학사 배롱나무

법당 뜰에 선 배롱나무
오백 살 나이를 자셨다
의령 유학사 최고참 선승
잎을 떨군 알몸
오백 년을 살았으니 오백 번 옷을 벗었겠지
분연한 화신이라 해야 하나
세속의 속진을 후련히 털어버린
성자처럼 개결한 모습이다

허영을 말끔히 벗은 뒤
본질만으로 존재하는 것
벗이여 삶이 기막혀 홀로 외로운 그대여
유학사에 가거들랑 배롱나무 노거수와 눈 한 번 맞추고
억지로 붙잡고 찡찡거렸던
마지막 사랑마저 놓아버릴 일이다

저문, 겨울강

몇 겹의 인고가 쌓여
눈 덮인 외로운 세상

외투 깃을 세운
신음하는 갈대소리에 이끌려
바람 속으로 걸어가는 수많은 번민들

저물다,
햇살 닿아 피어오르는 비릿한 사랑

지난겨울 얼어붙은 생채기의 흔적
봄을 잉태하는 강에게 밑거름으로 던졌다

갓김치

김장철이 돌아오면
아내는 갓김치를 담근다
부부싸움 뒤 아내의 눈초리처럼
처음에는 입안이 얼얼하게 톡 쏜다
눈물이 핑 돈다

갓김치는
아내를 왜 그리 닮았을까
톡톡 쏘던 아내 눈초리가
차츰차츰 순해지는 것처럼
담근 후 한 사나흘 지난 갓김치는
스스로 익어간다

화살처럼 쏘아대다가
홀로 화를 삭일 줄 아는 아내
점점 갓김치를 닮아간다

찔레꽃 피다

시냇가에 미루나무 서 있다
긴 시간 지난 지금
직박구리 놀다 간 자리 찔레꽃이 핀다

하얀 찔레꽃 위로
유년의 기억들이 피어오른다
마당에 놀던 순돌이
밤나무골로 끌려간 초복
슬픔을 베어 물고
찔레꽃 덤불에 숨어
어린 순을 꺾어 잘근잘근 씹던 떨림
그날 하얀 비밀을 알고 있던 낮달은 보지 못했다

아이들이 놀다간 텅 빈 운동장엔
빈 그네만 흔들리고 희미한 기억을 더듬는 시간
해가 떨어진 노을 속으로
하얀 찔레꽃이 핀다

다반사

봄은
슬픔 속의 설렘

여름은
그림자 없는 그리움

조락의 가을은
아련한 기다림

눈 덮인 겨울은
절절한 외로움

겨울, 선재도

겨울바다 앞에 섰다
짙푸른 바닷빛
눈에 닿기만 해도 시리다

섬의 겨울은 따뜻하다
도시와는 비교할 수 없는 포근함이
섬과 바다 공기 사이를 맴돈다

선녀가 선재도에 반해 구름을 타고 내려와
춤을 추었다는 전설의 섬 선재도
바닷가에는 어린 아들 손을 잡고
눈먼 어부였던 아버지를 그리는 한 남자
푸른 흔적을 지우며 살고 있다

눈먼 어부의 아들과 풍란 자라는 섬
짙푸른 바닷빛
눈에 닿기만 해도 아린
겨울, 선재도

사랑

햇살 맑게 춤추는
사람의 향기 몹시 그리운 날
살아 있는 모든 것들의 아름다움이
바람꽃처럼 아득해져 올 때
가만히 손 한 번 잡아보는 것

원미동

사랑니 통증은 견딜 수 있었지만 5월에 든 윤달은 허전했다. 이끼 낀 반지하 이사를 서둘렀고, 패랭이꽃 몸살 앓는 화단에는 채송화도 피었다. 어두운 부엌 벽에 못을 박고 백열등을 켰다.

헌옷 주머니를 더듬었으나 터진 실밥만 잡혔다. 밤바람 끝에서 봄꽃이 호명되기도 했다. 셀 수 있는 나이만큼 알약을 삼키고도 오래 앓았다.

원미동은 종점이었다. 자르지 않은 발톱처럼 자란 골목 끝에 미장이 집이 있었다. 두 해를 꼬박 살았다. 오래 못 본 애인이 보고 싶다는 이유만은 아니었지만 식은 밥상을 덮어둔 날이 잦았다. 가늘은 손금 같은 날, 석왕사 가는 길에 뻐꾹새가 초여름 하루를 싹처럼 울었다.

영월장을 돌아오다

강바닥 훑어가는 왜가리 눈 예사롭지 않은
굽이굽이 흐르는 동강을 따라
오가는 낯선 목소리 왁짝한 장마당에 들어서면
허기진 한낮을 곤드레밥으로 채우고
만경산 붉은머리오목눈이 물고 온
구절초 사랑 애닯다

어느새 산그림자 따라 어스름이 앉은 장마당
하나 둘 일어나는 불빛 속으로 빨려들면
너나 나나 사마리아인
아라리 애끓는 가락을 곱씹으며
더러는 낯선 곳으로 길을 재촉하고
바삐 걸어도 족히 오십 리는 됨직한
5일장 하룻길

짭쪼름한 동풍이 허공에 이파리 하나 떨구고 간
산머루 익는 예밀리를 지나
별들이 소낙비처럼 쏟아지는
만경산사 오를 때면

수수부꾸미 부쳐내던 아낙의 팍팍한 삶이 어린다

순응

누군가와 비교하여
달려가거나 멈춰 설 필요는 없다
개나리가 동백을
느리다 재촉할 수 없고
동백이 개나리를
조급하다 나무랄 수 없듯
그 어느 것도
빠르거나 느린 것은 없다

겨울 한낮

차갑고 흐린 겨울 한낮
고팽이를 돌아온 맵찬 바람
노거수 맨살로 떤다
이미 누드로 늘어선 나무들
더 벗을 것도 떨굴 것도 없다
조용히 삭풍을 견디며
좌정처럼 묵연하다
봄이 오기까지
화려한 꽃을 피우기까지
아직 바람끝이 찬데
시나브로 우수 경칩 지나
시천교 밑
아라뱃길 열리는 봄날
갯버들 화들짝
깨어날 테지

낙엽이 전하는 말

바람의 기척인가
간신히 나무의 몸에 매달려 있던
낙엽들이 쏟아져 내린다
마른잎들은 입이 없으니 지면서도
유언이 없다

눈이 없어 눈물이 없고
여한이 없으니 부음을 전갈할
일이 없다

떠나면서 티를 내는 건 사람뿐이다
조락조차 괜찮으니 애도하지 마소
낙엽이 그리 말하는 걸
늦가을 숲에서
듣는다

모란장에서

모란장터 한 모퉁이
자전거를 개조한 오토바이
그 위에 올라앉은 네모난 닭장 속에
가는 숨 헐떡이며 닭의 놀란 눈깔이
얼음판에 넘어진 소눈깔보다 더 슬픈

닭장수 노인은
담배 냄새에 노랗게 찌든 손을
구린내 역겨운 입김으로 녹이며
닭모가지를 비틀어 잡는다
골 깊은 주름에 쌓인 삶의 애환에
뜨거운 눈물이 솟고
보기조차 애달픈 세상이다

가을 갯벌

물 빠진 강화 갯벌
서너 척 고깃배
가을볕을 이고

핏발 선 괭이갈매기
푸석한 몰골의 낚시꾼
물골에 침묵을 던져놓고 있다

망둥이가 뛴다
갯벌이 뛴다

가을이 깊어지고
햇볕 알갱이 부서지는 날
가을 한 입 털어 넣고

물 빠진 갯벌에
이름 하나 새긴다
로 맹 가 리

화려한 고독

입술을 핥아
말라 죽은
살점 몇 가닥
송곳니로 물어 떼다 피가 난 날
방안은 쌓인 먼지만큼
시간이 굴러다니고
어둠은 조각나듯 하얗게
소용돌이쳤다

곰팡내 같은
적막의 시간

밥알

무심코 흘렸는지
옷깃에 달라붙은 밥알 하나
입에 넣자니 먹을만한 것 아니고
버리자니 가볍게 버릴 수 없던

어쩌다 입으로 들어가지 못하고
때를 놓친 밥알 하나

먹혀야 할 때 먹히고 버려져야 할 때
버려지는 존재로 살아남기
밥알 한 알이 가르칩니다

3부

태양의 도시, 뱀들

꽃잎들이 날아간 광장에 비보이들이 모였다
해넘이가 끝난 광장에 점등이 핀다
탄성 있는 음악이 몸에 닿자
비보이들은 꿈틀거리는 한 마리 화사가 된다
비트에 맞춰 탐락을 시작하는 비보이, 눈빛이 날카롭다
호흡이 멎을 듯 날렵한 몸짓들이 공중에 뜰 때마다
가슴을 짓눌렀던 거친 잡념들이 풍선처럼 날아간다
능숙한 스텐딩에 연결해 스와입스를 터뜨릴 때마다
화사는 꼬았던 다리를 풀어 환호를 번개처럼 차간다
화사의 몸이 밝고 환한
소용돌이 속으로 끝없이 빨려 들어갔다
꽃씨처럼 딱딱한 사람들이 화사의 몸짓에 굳었던 맘을 열어둔다
단단하던 뼈가 연한 꽃줄기처럼 휘어지고
땅을 매만지던 발바닥이 허공을 가볍게 떠다녔다
레인보우를 할 때마다 음악은 더욱 경쾌하게 날리고
몸을 굳힌 화사는 무성한 풀숲에서
태양을 기다리며 디디고 나갈 길목을 가볍게 건져 올

렸다

머리에 지구를 인 채 휘돌던 땅이 멈추고
박수소리가 터져 올라 광장은 땀냄새로 가득 찼다
무대를 빠져나온 비보이
젖은 몸에서 푸른 안개가 피어올랐다
환호성이 뜨겁게 솟았던 자리마다
별들이 환하게 지고 있다

산비탈

조릿대 군락지 바람이 머물고
숲은 가만가만 숨을 고르는데
나뭇등걸 위로 숨은 듯 앉아 있던
노랑턱멧새 한 마리
인지끼에 놀라
포르릉

겨울 오대산 전나무 숲길

월정사 팔각구층석탑 너머로 새벽안개 걷히고 전나무 숲길에 백색융단 깔렸다 눈을 털고 날아온 곤줄박이 한 마리 아득한 천년의 흔적을 찾는 듯 시간을 쪼고 있다 643년 신라 지장율사는 중국 오대산에서 유학하던 중 문수보살을 만나고 그가 지명한 강원도 오대산에 한국불교 문수신앙의 성지 월정사를 세웠다 천년의 역사 간직한 구도자의 길 물아일체의 편견이라도 맛본 것일까 거제수나무가 양파처럼 제 몸을 벗고 있다 종이가 귀하던 시절 사람들은 나무껍질에 글을 썼고 옛길 걷던 구도자도 여기에 깨달음을 적었을 것이다 숲길은 비밀스럽다 나무들은 잎을 털어내 앙상한데도 숲속 사정은 알 길이 없다 숲이 내 품는 숨으로 몸이 정화되는 듯 불교와 인연이 없어도 이 길에선 숙연하다 유불도에 통달한 탄허스님 지혜를 깨치고자 선재길을 수도 없이 걸었을 것이다 겨울 오대산은 맑았고 전나무 숲길은 청량하다 오대천에도 얼음이 얼고 눈이 쌓여 숨소리조차 얼었다 내면의 소리에 집중하라고 오대산 전나무 숲길은 가르치고 있다

파꽃

언제부턴가
절 밖으로 쫓겨
절로 들어가고파
중의 머리를 닮았을까

머리는 하얗고
속도 없고
뼈마디 없어도

당간지주 아래 서서
뽀얀 꿈을 머리에 이고
또 한철을 기다리고 있다

우화

땅속을 헤집고 나온
매미 한 쌍
붉은 배롱나무 가지 끝에 매달려 우화羽化하고 있다

인고의 시간을 견딘 일곱 해
성충이 되는 일은
오체투지로 차마고도를 오르는 일

범종 울리는 새벽녘
카랑한 독경소리
침묵의 시간
이슬을 털며
보이지 않는 눈을 뜬다

운무를 뚫고 바람이 얼굴을 내민다
하얗게 드러난 알몸
무채색 날개를 퍼덕이며
생의 흔적을 남기고 떠난 자리

〈

잿빛 허물만 남아
아침 햇살에 부서지고 있다

아라빛섬

운염도 펄에
비가 내린 오후
아라빛섬 노을이
비에 젖고 있다
오래된 인연 한 조각
꺼내 들쯤
섬과 섬 사이
쌍무지개 뜨고
한여름 지나온
서마지기 논배미
나락 익어가는 소리
노랗다

인연

오르는 길은
열댓 개
돌층계

어느 석공의
다정불심

층계 위
구름송이 같은
작은 추녀기와

비스듬히 열린
일각문 틈으로
부처의 얼굴이
낯설다

도솔천 가는 길
돌층계만큼

짧고 먼 길일까

멧새 한 마리
상수리나무 우듬지 스치듯 날아가며

하늘처럼 파란
시린 목소리로 울 때

차마 말할 수 없는 소원
하나

당신의 심장에
내 귀를
대어 보는
것

예단포 가을

작은 포구에 어둠이 내리면
갯벌은 하늘을 비추는 거울이 되고
고기잡이배는 포구로 돌아온다
멀리 바다를 향해 뻗은 선착장에서
망둥어를 잡던 사람들도
주섬주섬 자리를 정리하는 시간
포구는 마지막 햇살의 흔적을 거두며
푸르스름하게 색조의 변주를 시작한다
영종도와 강화도 사이
좁은 바다를 금빛으로 물들이는 예단포 일몰은
잔잔한 바닷물 위로 삐죽삐죽 솟은
함초와 어우러져 한 폭의 담채화

작은 포구에 어둠이 내리면
갯벌과 바다 너머 영종대교 야경이
신기루처럼 떠오른다
멀리 잠들지 않는 도시의 불빛이 자아내는
풍경을 바라보는 시간

비로소 도시의 소음에서 멀어져 내 안의 소리에
귀 기울이는 여유를 찾는다

예단포에 가을이 내리면

아름다운 시절

탱자나무 울타리 너머
모란이 필 때

거친 숨 몰아 쉬며
산모롱이 돌아오는 마이크로버스
먼지 뒤집어 쓴 정류소
댕기치마 아지매 내리고
낮술 오른
중절모 정씨 내린다

논배미 세 마지기 피뽑다 돌아오는
구릿빛 무릎 관절, 거머리 문 검붉은 생채기
허리춤 땀에 젖은 광목수건 한 장
맨살을 가린 베적삼의 앞섶도
너풀거리며 앞장을 선다

풋감이 돌담 너머 보일 듯 말 듯
오동나무 그늘보다

목청껏 울어대는 말매미의 울음도
차마 귀에 담지 못한다

홑저고리 외할머니
대청에서 수잠을 들고
나직히 밀치는 사립문
우물가 두레박 떨구는 소리

고즈넉한 뜰에
서풍에 놀란 봉숭아 꽃잎
한낮을
물들이고 있다

남대천에서

무서리 뽀얗게 내린 날
뒤늦게 돌아온 연어가 있다

남대천 여울목 온 힘 다해 차오르다
끝내 지쳐
청태 낀 자갈 위에 배를 깔고 눕다

기약 없이 떠난 길
수천만 리 바닷길을 휘돌아
모천회귀의 꿈을 안고 돌아온다

외곬으로 자란 몸뚱이여
검푸른 잔등 노을빛에 물들고
소슬바람 한 줄기 마른 풀꽃 눕힐 때
동공 풀린 눈으로 짙푸른 하늘을 본다

지친 몸뚱이
녹아내리는 아픔을 참으며

빨간 씨앗 한 웅큼 쏟아내고
마지막 숨을 토하고 있다

저물녘 남대천
겨울만큼 차다

노을에 젖다

해거름 강이 타고 있습니다
갑자기 텅 빈 가슴으로
한 줄기 바람이 일고 멈추지 않습니다
끝도 없는 흔들림을 감당하지 못하고
세상의 모든 길이 지워집니다
이별이 남은 자의 몫이라면
그대가 나의 눈물이 되더라도
노을보다 붉게 흔들리겠습니다

그리운 건 남풍만이 아니다

큰 키에
기름기 빠져나간 야윈 얼굴
패인 볼에서 묻어나는 수줍은 미소
희끗희끗 은발을 쓸어 올리며
럭비공만한 구두를 신고
눈 오지 않는 겨울을
한 詩人이 걸어가고 있다

아직 클리닝 냄새가 가시지 않은
양치상 양복점 양복 한 벌
찔러넣은 주머니 속엔
와촌면 동강이 들어 있고
계절의 뒤꼭지로
1976년 햇살이 묻어 있다

소매 끝으로 분필가루 흩어지는 그믐날
동성로 사거리 서넛 평 남짓한
때절은 대폿집

백화소주로
아침술과 저녁답 술맛의 차이를 알 때쯤
앞산 안지랑이를 돌아오는 겨울바람은
그믐달마저 울리고
30촉 백열등 아래 서까래 같은 큰 키로
발레리 시를 읊조리며 앉아 있는
타관의 로맨티스트

그리운 건 남풍만이 아니다

치명적인 반응

당신이 던진 말 한마디
살을 꿰뚫고
가슴 깊이 박혀

날카로운 촉에 묻은
슬픔이라는
해독제도 없는
치명적인 독

이제는
당겨진 활시위
나를 향할까 두려워
다가갈 용기마저 사라진다

게으름

하애진 머릿속

속절없이

까만 잉크 한 방울

뚝

저문

시인의 하루

신발

낡은 신발을 들여다본다
길을 지켜온 날 수북이 쌓여있다
땡볕 아래 땀 흘리던 발의 말
길이 아닌 것 없다

출근길 지하 계단 내 발 네 발
침묵의 신음소리
심장을 지나 뇌를 뚫는다

거위털 파카

빨랫줄에 걸린 거위털 파카를 두드린다
짐승의 깃털이 재봉선 따라 웅크리고 있는
겨울 햇살을 털며 일어선다

보도블록 뚫고 올라오는 개불알꽃처럼
당찬 소식도 없이
틀을 박차며 튀어 오르는 날개 하나,
몸통과 분리된 조각들의 흔들림은 날다로 표현되지 않는다
강가, 시냇가, 담벼락 밑에 핀 돌부리를
뒤뚱거리며 걷던 기억만 남아
꽉 문 재봉선 속에서 부푸는 본능이 낯설다

조류와 조류 사이를 뒤뚱거리던 깃털은
발랫줄에 걸린 나른한 봄잠을 두드린다

도시의 새벽

도시의 아파트 숲은 잠에 빠지고
한주일 내내 숨차던 빌딩들도 시무룩 잠들어 있다
빌딩 아래 목젖이 보일 듯
아가리를 벌리고 있는 골목길
미련 없이 내던진 일회용기들이 나뒹굴고
한때 사랑이라고 믿었던 사람도 저렇게 버려지겠지

태어난 한생
유한하지 않는 것이 어디 있을까
철옹성 같은 빌딩 그늘에서
현재를 영원으로 알고
밤새워 마셔댄 숙취에 비틀거리며
부등켜안고 있는 미망의 여인 한 쌍
외로움 달래던 안타까운 연정도 일회용이었을까
새벽길
누군가 사랑을 줍고 있다

감꽃

비질이 끝난 감나무 밑
감꽃이 떨어져 있다
갓 뛰어내린 감꽃은
미처 흙이 묻지 않은 채 앉아있다
감꽃을 주워 억세풀 꽃대에 꿰어
처마 끝에 걸어두고 밤마다
아버지를 기다린다

남루한 추억만 유산으로 물려받은
무색의 존재
시뻘건 눈 부릅 뜬 채
달맞이꽃 돌아눕는 하얀 숲길로
진폐를 깨물며
막장에서 돌아오는
아버지의 까만 하루

낯익은 발등 위로
감꽃이 핀다

4부

각시염낭거미

햇살에 찔린 눈이 따갑다

나뭇가지 사이 볕들자 절묘한
편경사 곡선에 걸어둔 하늘 아래 첫물로
제 몸 닦는 아침

방사형 은빛무늬 바퀴를 묶고
바람의 방향을 예의주시 중
조여 오는 한 축, 둥근 원을 따라
돌아가는 좁은 통로, 지옥문

언젠가 방심의 길목에서
발이 끼인 적 있다
수상한 웅성거림이 흔들리는
마지막 집결지
물러설 자리는 이제 없다

혼돈과 체념은 같은 어원일 거란 생각이 든다

과묵한 천성도 불운 앞에서는 침묵하는데
네모의 그물망이 잠재운 먹잇감 잠시 지연된 생,
철저한 말 줄임
자기를 처형하듯 다음 생을 염하고 있다

긴급재난문자

창문을 열었습니다 호흡의 잔해들이 잔불 남은 화재 연기처럼 빠져나갑니다 정보지의 전월세 광고 글자와 잠들기 위해 우는 애기 울음과 무국 냄새가 모눈 방충망으로 빠져나갑니다 헛기침을 쿨럭거렸습니다 소화 안 된 끼니를 부질없는 희망처럼 토할 뻔했습니다

절묘하다고 해야 할까 희망과 절망의 조합, '희망퇴직'자 모집 공고가 중대본 코로나19 긴급재난문자보다 먼저 왔습니다

포구의 아침

부둣가 배 한 척
출항을 준비한다
해무 낀 푸른 바다
티눈 박인 어부의 손이 떨리고 있다

남당리 포구는 온통 잿빛
하늘 향한 집어등 하얀 입김 내뿜고
소금기 밴 어부의 손등 위로
아침 햇살 쏟아지면
출항을 알리는 뱃고동 소리
새우 등껍질 같은 연분홍 눈물이다

피에타상

로마 바티칸성당 아들의 시신을 끌어안고 고통스러워하는 미켈란젤로의 작품 피에타상이 있다 그의 나이 스물다섯 사람들은 워낙 빼어난 작품에 감탄하며 그가 만든 작품이 아니라고 오해했다 어느 날 미켈란젤로는 피에타상이 있는 성당에 몰래 들어가 자신의 이름을 새겨넣고 나오다 생애 가장 아름다운 노을을 본다 그때 미켈란젤로는 아름다운 하늘의 모습을 만든 사람도 이름을 새기지 않았는데 고작 작품 하나에 경솔했다며 후회했다 훗날 그는 작품을 만들 때 이름은 새겨넣지 않았다

난리 봄꽃장

5월은 난리 봄꽃장이다
봄꽃들이 난리를 쳐댄다
새싹 돋아난 풀밭 두견화는
길거리 난장에 나팔을 불고

5월은 난리 봄꽃장이다
야단법석이다
흩날리다 쫓기며
목청껏 외치다 사라진다

핏빛 정열로 번뇌를 사르고
잠깐 머물기 서러워
두견화는 저리도 붉게 피나 보다
피흘리다 식어버린 목구멍으로
진홍빛 생명의 흔적을 남기며
한맺힌 설움을 외쳐대나 보다

5월은 난리 봄꽃장이다

태어나 단 한 번이라도
삶의 열정을 느끼려거든
5월의 붉은 꽃이 되어 보라

그리움을 훔치다

골목길을 들여다본다
익숙한 것들에게서
그리움을 훔치고 있다

독기 없는 익숙함으로 하루를 포장하고
바닥에 떨어진 새파란 질문을 주워
봉인된 비밀을 열고
자복한다

사는 시간은 모두가 외롭다
가슴에 남겨두는 일은
날들의 기록

모퉁이 돌이
제 몸에 음각으로 낚시를 한다
사람마다 몸의 말이 깊다

새벽길

새벽안개 짙다
구씨네 채소가게 앞
누군가 걸어가고 있다
발소리에 놀란 초승달
메타세콰이어 가지 끝에 걸려 떤다

발톱 세운 겨울바람
피가 차갑다
보이지 않는 피로의 껍질
몸이 절한다 피로에게

절집 처마 끝 풍경소리
새벽을 깨운다

슬픈 여인의 초상

긴 얼굴 긴 목, 걸쭉한 코에
하늘빛 아몬드 모양의 눈
알 수 없는 무표정한 얼굴
몽테뉴 언덕 아웃사이더
비운의 화가 모딜리아니
상식을 파괴한 철학은 삶이었다

신화의 스토리로 풍경도 없는 어둡고 쓸쓸함이여
질병과 가난 속에 아내와 아들을 남기고
서른다섯, 세상을 떠나야 했던 사내
이튿날 그를 뒤따라 만삭의 몸으로 투신해
비극적 러브 스토리의 주인공 잔느 에뷔테른느
마지막 사랑 아내를 그린 그림에도
눈동자는 없었다
눈동자를 그려 넣지 않아 텅 빈 푸른 눈이여

"내가 당신의 영혼을 알게 될 때
당신의 눈동자를 그릴 것"

겨우살이

횅한 눈
바람도 스치지 않는다
비둘기 앉았던 마로니에
안부가 궁금한 하얀 눈빛들

누이의 사랑도 저 멀리 헐떡이며
돌아오는 길
쉼표가 필요하다

목젖이 보이도록 푸른 절규를 토하면
일렁이는 햇살
때가 되면 찾아오는
텅 빈 계절

독사 같은 팔로우
극한의 의지 섬점당하지 않은
살아남기
그 가치

봄날

기적 같은 봄날

꽃비 내린다

떠나야겠다

밥벌이의 하루

아직
아비를 기다릴 집
굳은살 박인 손바닥 가방을 들고
역전 지하도 막차를 타야 한다

서울의 몇 해 삶
절묘한 밥벌이
어둠 깔린 저녁이면
습관대로 접착된 생각들이 빙하로 떠돈다

구두 뒷굽으로
끈기 빠진 햇살
아주 가끔은
삶의 자리에 절박함을 놓고
십자가 불빛이 미끄러지는 비탈을
하루치 날품이 기어오르고 있다

청령포의 눈물

관음송 가지 틈에 걸터앉는구나 누군가 나어린 임금 단종이다 그는 여기 청령포 숲에 살다가 사약을 받았다 정적이 정적을 부리로 찢고 발톱으로 찢어발겨 피 묻은 권력을 틀어쥐는 게 인간세의 생리 숙부 수양대군에게 왕위를 탈취당하고 계유정난으로 실권을 장악한 숙부에게 왕위를 넘기고 물러났으나 사육신들의 단종복위 음모가 발각되면서 노산군으로 강봉 청령포로 유배되었다 소년 유배객 단종이 관음송 가지 틈에 걸터앉아 궁궐을 그리워했다고 사념이 깊었을 게다 슬픔이 북받치면 소나무를 붙들고 울고 바위를 치며 울었을 물가에 웅크려 소쩍새처럼 흐느껴 울었을 고을 백성들이 서강 저편에서 절을 하며 울었다 청령포 솔숲은 비경이라지만 여기에 서린 서러운 역사란 꿈자리 어지러운 구렁텅이와 다를 바 없다 청령포 물가에 놀빛이 잠긴다 붉은 해는 반드시 서쪽으로 지는데 어린 유배객의 혼령은 어디로 흘러갔을까

정작 섬은 아니지만 섬처럼 외진 곳 서강이 삼면을 휘돌고 남서쪽 육육봉은 벼랑처럼 가팔라 어디에도 육로가

없다 일러 육지 속의 섬 배를 타야 닿는다 강폭은 넥타이
처럼 좁아 도선에 오르자마자 내려야 하지만 강상으로
펼쳐지는 산수 풍광명미 눈을 뗄 겨를이 없다 청령포 안
통에 들자 솔숲 사이 오솔길에 초록이 너울거린다 허공
을 통째 가릴 기세로 무성히 뻗친 솔잎 그 사이를 간신히
통과한 햇살이 숲으로 스며든다 그 한 줌 은빛 햇살마저
덩달아 푸른 기운을 머금는다 초록 속에 젖어서다 상처
없는 지속이 있는가 장애 없는 활보가 가능하겠는가 풍
상이 곧 비결임을 암시하는 노거수 소년 하나가 숲길을
걸어간다

청령포의 눈물이 흐른다

자두

삘기를 뽑아 잘근잘근 씹던 시절
엄마와 밤하늘 별을 보며
아버지를 기다리던 날

사립문을 열고 들어오신
아버지 손에 들린 검은 봉지 속
자두 알

양평 5일장을 지나며
무심코 깨문 자두의 단맛에
눈물이 났다

벚꽃 지는 밤

벚꽃 지는 밤이다
무언가 아쉬워 서러운 봄밤이다

오늘밤은
어느 흐린 주점에 앉아
내게도 있었던
아름다운 때를 생각한다

초승달 비켜선 가지 끝에
먼 길 돌아온
밤새는 울음조차 없다

벚꽃 지면 봄도 진다
이렇게 또 한 번
내 인생의 봄날은 떠나고 있다

피굴

슬픔을 맛본 사람은 안다

뽀얗고 투명한 국물에 담긴
통통한 굴 알맹이
국물과 굴을 떠서
입에 넣으면
국물은 시원하고 굴은 달다
한겨울 쪼시개로 발라낸
허연 입김으로 떠먹는
달큰한 감칠맛
피굴

슬픔을 맛본 사람은 안다

세빛섬을 걷다

1

아직 겨울이 지배하는 세상
웅크린 채 봄을 기다리기엔
우리 젊은 날이 아깝지 않은가
서쪽 하늘이 오렌지색으로 물드는 저녁
매서운 강바람 뚫고
세빛섬으로 간다

2

세빛섬 데크에 별이 빛나고
겨울나무에 나비가 앉았다
차곡차곡 추억이 쌓이는 시간
세빛섬 유리벽
한강의 노을 풍경 비치고
강 너머 번져 가는 아파트 불빛
강물 위로 일렁이면
세상은 만화경처럼 빛의 가루 흩뿌리고
우리 사랑 빛과 어둠은 어디쯤 스며있을까

3

둘이라서 행복한 오늘

초승달에 눈이 찔려도 좋은 날

아버지 겨울

한겨울
졸린 눈을 비비며 아버지를 기다렸다
불콰한 아버지 코트 속 주머니에 담긴
군밤을 먹으려고

검게 탄 껍질을 벗기며
생채기가 아물 때쯤
속살 드러낸 군밤 하나
아버지의 큰 사랑이었다는 걸

비탈을 내려온 긴 그림자
붉게 타는 외등으로 서서
슬픔을 뒤적이며
눈발에 저무는
아버지의 겨울을
굽고 있다

숨길 수 없는

울타리꽃이
엄마의 등 굽은 그림자
새기고 있다

처마밑 둥지

봉숭아 꽃잎 위로
떨군 녹수
햇살이 낯설다

| 해설 | 김종회 문학평론가

진솔한 삶의 언어와 우화등선의 날개

— 최대순 시집 『푸른 도마의 전설』

1. '개미'의 근면이 이른 시의 길

한국 문단에 그 이름을 등록한 지 7년 만에 첫 시집을 상재하는 최대순 시인의 시를 공들여 읽었다. 평소에 그를 시인이라기보다는 출판인으로 여겨온 필자는, 일상적인 삶의 언어를 내면의 깊이와 더불어 초절(超絶)의 지경으로 이끌어가는 그의 시 세계에 괄목상대하며 놀랐다. 아하, 그에게 이토록 순정한 시심(詩心)과 정치(精緻)한 언어의 조합이 잠복해 있었다니! '글은 곧 그 사람이다'라는 고색창연한 역사주의 비평관을 신뢰하는 필자는, 시를 통해 다시 그 사람을 새롭게 바라볼 수밖에 없었다. 이와 같이 수발(秀拔)한 시적 기량을 감추어 두고서, 그는 다른 이들의 문학이 책으로 변화하여 세상에 얼굴을 알리는 일에 그토록 열심이었구나!

최 시인이 1992년에 설립한 도서출판 〈개미〉는 그간

기획과 마케팅에 능력을 발양하여 많은 화제작을 생산했다. 경요 장편소설 『슬픈 인연』, 『수선화』, 『물 위의 사랑』 등 기획 시리즈는 1990년대 후반에 주목받는 베스트셀러로 기록되며 그 소설적 담론과 더불어 사람들의 마음을 따뜻하게 쓰다듬었다. 은희경의 『내가 살았던 집』, 한강의 『아기부처』, 김주영의 『어린 날의 초상』, 정연희의 『가난의 비밀』 등은 그간 〈개미〉의 수고와 성취를 한눈에 보여주는 작품들이다. 그 외에도 산문집, 시집, 철학서, 종교서적 등 곤고한 인문 출판의 길에서 지속적인 사유와 공유 그리고 나눔의 길을 걸어왔다. 지금까지 모두 1천여 종의 책을 출간한 그 뒤안길의 음영에 최 시인의 한숨과 눈물이 배어 있을지도 모른다.

그런데 이 지난한 발걸음을 옮겨 오는 동안, 정작 자신의 창작 시집 발간은 만시지탄의 감이 없지 않다. 다른 문인들의 광영을 위하여 자신의 빛을 어둠 속에 묻어두었던 그가 이제 비로소 첫 시집을 내는 터이니 이를 환영하며 상찬(賞讚)하지 않을 수 없는 것이다. 2013년 계간 《문학나무》 여름호 신인작품상으로 「그리움을 훔치다」 외 4편을 발표하며 문단에 나왔으니, 젊은 날부터 문인의 길을 달려온 후배들에 비하면 늦깎이인 셈이다. 다른 이의 앞날에 꽃을 뿌려온 그의 문학적 적덕(積德)이, 자신의 가슴 밑바닥에서 웅크리고 있던 창작력을 고이 다스려온 인고(忍苦)가, 아마도 향후 그가 선보일 시 세계를 더욱 값있고 풍요롭게 장식하리라 기대해 본다.

2. 일상의 풍경과 내면의 심층

최대순 시의 출발점은 소박하고 연약한 것에 대한 애환이나 스러져버린 옛것에 대한 그리움에 바탕을 두고 있다. 범박한 일상 속에서 그와 같은 시적 이미지를 발굴해 내는 힘은, 그의 시를 풍성하고 웅숭깊게 인도하는 비장(秘藏)의 열쇠와도 같다. 그 힘은 겉으로 드러나 명징한 것이 아니라 내면으로 침잠하여 숨은 보화처럼 은밀하게 숨죽이고 있는 것이다. 이러한 인식의 구도와 시 창작의 형식은, 곧 그의 시가 지향하는 방향성을 예표(豫表)한다. 그는 시가 모든 사람과 사물을 함부로 불러내는 전가(傳家)의 보도(寶刀)라고 믿지 않는다. 그에게 있어 시의 품격이란 작은 것을 통해 큰 것을 말하고 진심갈력으로 소통과 감동을 촉발하는 것인 듯하다. 그 지점에서 그의 시는 일상의 풍경과 내면의 심층이 조화롭게 만나는 자리를 확보한다.

1호선 인천역
더 이상 갈 수 없는 곳
누군가 청색 적색 깃발을 흔들고 있다

〈

비는 플랫폼을 적시고
시간은 내 등을 떠밀고 있다

추억은 한 움큼 쌓이고
갈 수 없는 곳
그러나 가야 할 그곳
가난한 사람은 말이 없다

어둠은 플랫폼을 삼키고
막차는 소식이 없다
긴 그림자 끌고 가야 할 남은 길에서
바람으로 비껴도
다시 만나지는 말자

너무 그리우면 말을 잃지
기다림에 지친
비 젖은 플랫폼
—「비 젖은 플랫폼」 전문

1부에 실린 시다. 늦은 밤, 비가 내리는 전철 역사, 막차를 기다리는 사람. 이 풍경 속의 시적 화자는 추억의 한 자락을 붙들고 누군가를 사무치게 그리워한다. 너무 그리워서 이미 말을 잃었다. 그는 '가난'한 사람이다. 그의 가난은 물량적인 것이기 보다는 상처 입고 황량한 마음의 가난이기 쉽다. 우리 시대의 갑남을녀(甲男乙女) 가운데, 이처럼 통절한 상황에 당착해 보지 않은 이가 있을까. 그 친숙한 일상, 그 공명(共鳴)의 내면을 겪어보지 않은 이가 있을까. 최대순 시의 힘은 바로 이러한 지점에 있다. 누구에게나 존재하는, 그러나 그 경험의 형국에 따라 모양과 채색이 제각각인 기억들의 숲길. 그의 시가 가슴 저미는 감동을 선사하는 방식은 오히려 이토록 단순하고 낮은 데서 형성된다.

도시는
신이 내린 은색의 침묵
어지럽게 흩어진 발자국 위로
차가운 별빛이 내려앉는 밤
다들 어디로 가버렸을까
은밀한 이야기만 남은
자작나무 숲길을 거닐다 누군가
떨구고 간 옷핀을 주웠다
주인을 잃고
한참을 헤매었을 작은 분신
칠이 벗겨진 몸통이 꺼칠하다

신발에 묻어 온 눈을 털며
밤이 낮인 듯
때때로 뒤바뀐 삶도
날려버릴 수 있다면
하늘 밝힌 등을 향해
단단하게 뭉친 눈을 던질 때마다
명줄을 쥔 손처럼 안으로 멍드는 생채기
하루도 기다리지 못해
무너져버린 허무가
하얀 밤길을 따라가고 있다
—「눈을 털며」 전문

주의 깊게 읽어 보면 눈 내린 겨울밤의 서사다. 천지현황(天地玄黃)의 자연색을 감추고 눈 내린 땅은 '은색의 침묵'에 감싸여 있다. 사람들의 자취는 보이지 않고 '은밀한 이야기'만 남았다. 문득 화자는 자작나무 숲길에서 '누군가 떨구고 간 옷핀'을 줍는다. 그 미소(微小)한 경물은 참 많은 것을 말한다. 일찍이 윌리엄 블레이크가 '한 알의 모래에서 우주를 보고 한 송이 들꽃에서 천국을 본다'고 했던가. 이렇게 밀도 있게 산 온종일의 중압을 눈을 털 듯 털어내고 싶다. 그러나 남는 것은 '하루도 기다리지 못해 무너져버린 허무'다. 이 일상의 긴장과 털어낼 수 없는 허망함 사이에 위태롭게 가로 놓인 외나무다리를,

최대순의 시는 '하얀 밤길을 따라 가듯' 건너고 있다.

3. 현상과 본질의 순후한 교감

외형의 소박과 겸허가 감동의 문양을 생산하자면, 그 내포적 층위에 있는 본질이 그럴만한 자격을 갖추고 있어야 한다. 왜 낭중지추(囊中之錐)란 옛말이 있지 않던가. 바늘이 주머니 속에 있으면 삐어져 나오기 마련이다. 이는 본질이 현상의 근원이라는 말과 다르지 않다. 시의식의 형성과 시적 발현이라는 창작의 경과는 이 논리에 꼭 들어맞는 언어적 모형을 가졌다. 한 시인의 세계를 지배하는 내면 풍경이 궁극에 있어 그의 시적 형질과 형상을 구획하기 마련이라는 뜻이다. 최대순 시가 우리에게 공여하는, 소박하고 조촐하지만 단단하고 강고한 공감의 무늬들은 결국 그의 인간 또는 문학의 근본에서 말미암는다.

물고기들이 모두 떠나간 뒤에도 도마에게는
아직 버리지 못한 감정이 남아있었다
덜컹대는 간판 아래 사내의 삶이 반 토막 났던 것처럼
그 사내의 몸에서 보고픔이 지독했던 것처럼
도마에게 비린내는 자신이 사랑한 것들의 향기였다

도마는 한쪽 밑둥치에서 썩고 있던 냄새를 맡고서야
자신이 거대한 나무였음을 기억해 내었다
그에겐 지워지지 않는 초록의 감정이 있었다는 것을,
한때 자신에게 와서 부화되고 떠나간 새들이 있었다는 것을,
도마는 옆구리에 문신처럼 새겨진 물고기들을 지워본다
어느새 나타나는 나이테의 깊어진 울음,
달빛이 민물처럼 쏟아져 내리는 날에는
제 울음마저 토막 내었던 생각 때문에 온몸이 아려왔다
나무 위에서 도마가 자랐고 도마 위에서 물고기가 살았듯
모두 떠나간 몸뚱이에선 비린내가 그리움처럼 풍겼다
태양이 나뭇가지에 던져놓은 낚싯대가 팽팽한 여름
건기의 강가에서 살던 전설의 물고기가 뒷골목을 떠돌고
있다

—「푸른 도마의 전설」 부분

'킬리피시'의 전설 같은 이야기를 시의 모티브로 차용해 왔다. 이는 열대에 사는 물고기다. 호수의 물이 없어지는 건기에, 흙이나 나뭇가지에 알을 낳고 그 알이 우기에 부화되어 생명력을 이어가는 놀라운 '펙트'를 보여준다. 그런데 시의 논점은 그 물고기가 아니다. 물고기를 품었던 나무가 푸른 도마로, '횟집 뒷골목에 버려진 나무 도마'로 변신한 곡절 많은 현상의 배면을 좇고 있다. 도마는 자신의 전신(前身)이었던 나무에 새도 물고기도

넉넉하게 깃들었던 전력(前歷)을 기억한다. 그런데 지금은 횟집이 있는, 아마도 어느 도회의 뒷길에서 비를 맞고 있다. 그 지형과 환경 변화의 역정(驛程)에 묻혀 있는 지난 일들이 여전히 그의 기억 회로에 저장되어 있는 것이다.

이 한 편의 시가 중층적 의미를 끌어안고 있으면서 동시에 경쾌하고 산뜻한 것은, 그와 같은 도마의 본질을 현실적인 시야의 무대로 이끌어내는 시적 서사의 솜씨 때문이다. 아픔과 슬픔이 중첩되어 무겁게 침잠할 법한 시적 담론의 행보를, 오히려 아련한 추억과 흥미로운 전설의 양식으로 치환하여 보여줌으로써 음습한 우울의 분위기를 걷어버렸다. 이는 또한 푸른 도마에 얽혀 있는 본질과 현상의 두 각론이 상호 충돌하지 않고, 순후하고 조화로운 교감을 생성하는 '미덕'을 연출하기도 한다. 최대순 시의 특장이 살아 있는 곳이 이를테면 이 지점이다. 겉과 속이 하나의 지향점을 향해 한 호흡으로 순행하는 길, 그 길의 종착에는 세상의 모든 것을 조화롭게 응대하는 시인의 따뜻한 눈길이 숨어 있다.

봄은
슬픔 속의 설렘

여름은

그림자 없는 그리움

조락의 가을은
아련한 기다림

눈 덮인 겨울은
절절한 외로움
—「다반사」 전문

짧지만 견고하고 언어가 압축되어 있으나 완연한 서정을 견인하는 시다. 얼핏 조병화의 「해인사」나 나태주의 「풀꽃」 같은 짧고 깊은 시, 아니면 노천명의 「길」 같은 가슴 울리는 시의 명편을 연상케 한다. 사계(四季)를 이렇게 명료하고 강고하게 함축할 수 있는 시적 역량은, 우선 스스로의 삶을 성찰할 수 있는 세월을 전제로 한다. 시인은 자기 눈으로 감각하는 삼라만상 모두에 자기 속의 반향 판을 두드리는 감동이 잠복해 있음을 안다. 설렘, 그리움, 기다림, 외로움은 그렇게 본다면 따로 떨어져 있는 별개의 감정들이 아니다. 항차 그 감정의 유발과 소멸이 계절의 순환을 따라 '다반사'로 일어나고 또 스러진다. 2부에 수록된 「저문, 겨울강」, 「찔레꽃 피다」, 「사랑」, 「겨울 한낮」 등의 시가 모두 이러한 특성을 동일하게 지녔다.

4. 자연 친화의 시각과 우화(羽化)의 시

대다수 최대순의 시는 무리한 시상(詩想)을 전개하거나 억지로 강작하는 수사(修辭)를 불러오지 않는다. 3부에서 만나는 그의 시는 순탄하고 자연스러우며, 그 가운데 의식의 심층을 매설하는 진중함을 자랑한다. 시집의 종반으로 가면 역방향의 생각과 축약된 발화를 도입하는 시편들이 보이기는 하나, 주된 흐름은 자연의 경물(景物)이나 풍광(風光)으로부터 순적한 영감을 도출하는 방식을 고수한다. 이 언어 문법과 표현의 방정식이 일정한 경지를 돌파하여, 현실의 방벽을 넘어서는 초절(超絶)적 행로를 열기도 한다. 마치 중첩된 일상의 너울을 벗어버리면, 동물이나 사람이나 제각기 우화등선(羽化登仙)의 새 강역(疆域)을 천착할 수 있듯이. 어쩌면 이 시적 모형은 범상한 자리에서 지고(至高)의 위상을 향하는, 동양적이고 불가(佛家)적인 세계관과 겹쳐 보이기도 한다.

땅속을 헤집고 나온
매미 한 쌍
붉은 배롱나무 가지 끝에 매달려 우화羽化하고 있다

인고의 시간을 견딘 일곱 해
성충이 되는 일은

오체투지로 차마고도를 오르는 일이다

범종 울리는 새벽녘
카랑한 독경소리
침묵의 시간
이슬을 털며
보이지 않는 눈을 뜬다

운무를 뚫고 바람이 얼굴을 내민다
하얗게 드러난 알몸
무채색 날개를 퍼덕이며
생의 흔적을 남기고 떠난 자리

잿빛 허물만 남아
아침 햇살에 부서지고 있다
—「우화」 전문

매미 한 쌍의 '우화'를 바라보는 눈이 '인고의 시간'이나 '오체투지의 차마고도'를 읽어낼 수 있을 때, 그의 시는 글의 유형을 산문에서 운문으로 바꾼다. 그런데 그 운문적 기립(起立)을 소환하는 일이 결코 만만하지 않다. 차마고도는 차(茶)와 말(馬)을 교환하기 위해 개통된 중국 · 티베트 · 네팔 · 인도를 잇는 육상 무역로다. 거칠고

험하다. 그 길을 오체투지로 오르는 것에 견주어 볼 만큼 일상을 초탈하는 일이, 산문적 삶의 인식을 시의 호흡으로 바꾸는 일이 곤핍(困乏)하기 이를 데 없다는 뜻으로 해석된다. 범박한 자연 속에서 인생유전(人生流轉)의 이치를 판독하는 분별력이 없다면, 이와 같은 시의 안마당 회집(會集)에 참예하기 어렵다. 최대순 시의 자연친화적 말하기와 글쓰기가 수용자의 감응력을 촉발하는 지점이 곧 여기다. 그는 '잿빛 허물' 한 자락에서 이생과 전생의 내력을 동시에 읽어낸다.

오르는 길은
열댓 개
돌층계

어느 석공의
다정불심

층계 위
구름송이 같은
작은 추녀기와

비스듬히 열린
일각문 틈으로

부처의 얼굴이
낯설다

도솔천 가는 길
돌층계만큼
짧고 먼 길일까
—「인연」 부분

주지하다시피 '다정불심'은 박종화 장편소설의 제목이다. 고려조 공민왕 대(代)의 역사를 소설로 풀어낸 이 소설은, 그야말로 '다정하고 한많음도 병인양하여' 불심(佛心)으로도 제어하기 어려운 심적 고통을 상징한다. 그럴 때 '부처의 얼굴'이 낯설 수밖에. 그런데 이 낯선 경관을 부양하는 관찰력이 없다면, 이 문장들이 시로 '우화'하기 어려울 터. 정작 부처에 대한 진솔한 공양은 원근(遠近)이나 친소(親疎)의 관계에서 기인하지 않는다. 그것은 현상보다 훨씬 더 본질에 밀착해 있는 것이다. 불교의 훈도(薰陶)에 '부처 죽이기'가 있는가 하면, 가톨릭의 순교를 다룬 엔도 슈사쿠의 『침묵』에 예수의 얼굴을 밟는 '답화(踏畵)'가 있는 것이다. 시인은 산사(山寺)의 일각문을 오르며, 도솔천 먼 길을 내다본다. 그로서는 어쩌면 시의 날개로만 갈 수 있는 길인지도 모른다.

5. 전복(顚覆)의 사고와 축약의 발화법

시인이 그 가슴에 간직하고 있는 열정은 어떤 빛깔을 하고 있을까. 그것이 하나의 계열로 명료하고 단정하게 정돈되어 있다면, 시의 이해는 쉬울지언정 그 시가 사람들의 가슴을 설레게 하거나 소격(疏隔)효과를 거양하지는 못할 것이다. 최대순의 경우처럼 자기 세계를 잘 치리(治理)하고 있는 시에 있어서도, 이 논리는 적용이 어렵지 않다. 그에게서 발견할 수 있는 도발적 상상력이나 전복의 사고가 거느리고 있는 시적 다양성, 다원적 층위가 엄연한 까닭에서다. 4부의 시들을 보면 그는 이를 자신의 시적 노적가리 속에 잘 저장하고 있으며, 때로는 그것을 매우 효율적으로 축약하여 활용한다.

햇살에 찔린 눈이 따갑다

나뭇가지 사이 볕들자 절묘한
편경사 곡선에 걸어둔 하늘 아래 첫물로
제 몸 닦는 아침

방사형 은빛무늬 바퀴를 묶고
바람의 방향을 예의주시 중
조여 오는 한 축, 둥근 원을 따라

돌아가는 좁은 통로, 지옥문

언젠가 방심의 길목에서
발이 끼인 적 있다
수상한 웅성거림이 흔들리는
마지막 집결지
물러설 자리는 이제 없다

혼돈과 체념은 같은 어원일 거란 생각이 든다
과묵한 천성도 불운 앞에서는 침묵하는데
네모의 그물망이 잠재운 먹잇감 잠시 지연된 생,
철저한 말 줄임
자기를 처형하듯 다음 생을 염하고 있다
—「각시염낭거미」 전문

시 속의 거미가 꼭 거미일 뿐일까, 그 거미는 '자기를 처형하듯' 다음 생과 마주하고 있다. 마침내 스스로 '지옥문'을 향한다. 거미는 이미 음험한 포획자가 아니다. 그에게 '물러설 자리는 이제 없다.' 그의 담화가 '철저한 말 줄임'인 것은 매우 당연해 보인다. 시인은 이 거미의 행태(行態)를 두고 일반적인 상식의 범주를 뒤집었다. 이러한 시의 전복 또는 축약의 레토릭은 "희망퇴직자 모집 공고가 중대본의 코로나19 긴급재난문자보다 먼저 오는" 사례(「긴급재난문자」)나, "둘이라서 행복한 오늘, 초승달에 눈이 찔려도 좋은 날"같은 고백적 토로(「세빛섬을 건다」)에도 유사하게 나타난다. 가족사를 짐작하게 하는 "속살 드러낸 군밤 하나, 아버지의 큰 사랑"(「아버지 겨울」)이나, "울타리꽃이 엄마의 등 굽은 그림자"(「숨길 수 없는」) 같은 절실한 시각에서도 그렇다.

기적 같은 봄날

꽃비 내린다

떠나야겠다

—「봄날」 전문

3행의 극소(極小)한 시, 그러나 참 여러 가지를 표상하는 함의(含意)가 있다. 최대순의 시는 어느덧 이렇게 반어적 사고를 압축하여 제시하는 기법을 확보했다. 왜 봄날이 기적 같은가를 설명하자면, 그야말로 봄날의 나른함을 닮은 긴 시간이 필요할지도 모른다. 그런데 시인은 이 일상적 삶의 문법을 건너뛰었다. 그 봄날에 꽃비가 내리는데, 문득 시인은 떠나야겠다고 결심한다. 왜, 어디로? 이 답변이 마련하고 있는 장대하고 호활한 여백에 최대순 시의 기개가 있고 또 값이 있다. 그렇게 시간과 공간을 제어하는 시심(詩心)의 부양이 있기에, 그의 시는 삶의 번잡을 떠나 시의 날개를 타고 우화등선의 의식을 꿈꾼다. 이 초월적 상상력의 활성은, 그 기저에 진솔한 깨우침의 언어들을 내장하고 있다. 시의 현상에 있어 일상을 벗어나지 않고 그 본질에 있어 궁극을 꿈꾸는 두 개의 의식! 이 양자 사이를 가로지르는 가교(架橋)의 형용이 우리가 만난 최대순의 시다.